FOLIO CADET

Pour Joshua et ses amis Dominic,
Eleanor, Freddie, Harry, Joe, Robbie et Toby,
avec toute mon affection.

Traduit de l'anglais
par Vanessa Rubio-Barreau

Maquette : Karine Benoit

ISBN : 978-2-07-063784-3
Titre original : *Horrid Henry*
Édition originale publiée par Orion Children's Books, 1994

N° d'édition : 180267
Loi n° 49-956 du 16 juillet 1949 sur les publications destinées à la jeunesse
Dépôt légal : mars 2011
Imprimé en Italie par L.e.g.o S.p.a

Francesca Simon

Horrible Henri

illustré par Tony Ross

GALLIMARD JEUNESSE

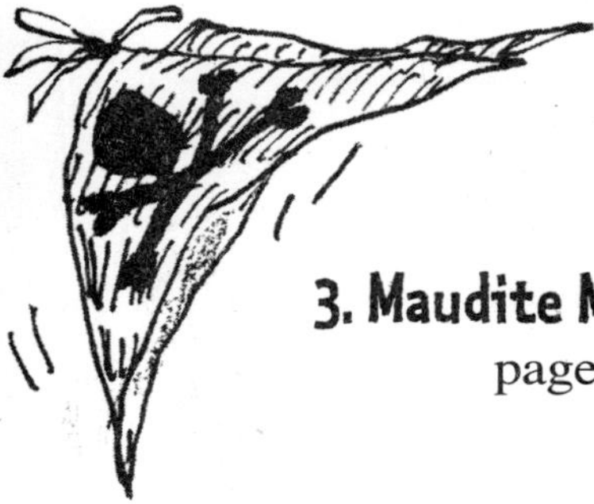

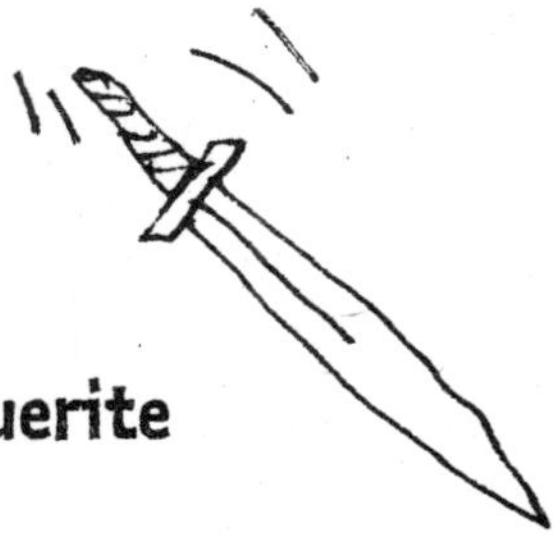

1
Un enfant sage

Henri était un horrible petit garçon.

Tout le monde était d'accord sur ce point, y compris sa mère.

Henri lançait ses petits pois en l'air, Henri piquait les affaires des autres, Henri poussait, pinçait, tapait. Même Grozaffreux, son ours en peluche, avait peur de lui.

Ses parents étaient désespérés.

– Qu'allons-nous faire de cet horrible gamin ? soupirait sa mère.

– Comment deux adultes aussi charmants que nous deux ont-ils pu avoir un petit garçon aussi horrible ? soupirait son père.

Lorsqu'ils l'accompagnaient à l'école, ils marchaient dix pas derrière lui, comme s'ils ne le connaissaient pas.

Les autres enfants le montraient du doigt en chuchotant :

– C'est Horrible Henri.

– C'est lui qui a jeté mon blouson dans la boue.

– C'est lui qui a écrasé le scarabée de Billy.

– C'est lui qui…

Complétez par la plus horrible bêtise imaginable. C'était sûrement la faute d'Horrible Henri.

Horrible Henri avait un petit frère qui s'appelait Paul Parfait.

Paul Parfait disait toujours « s'il te plaît » et « merci ».

Paul Parfait adorait les légumes.

Paul Parfait avait toujours un mouchoir dans sa poche et jamais les doigts dans son nez.

– Henri, tu ne voudrais pas essayer d'être sage, comme Paul ? répétait sans arrêt sa mère.

Comme d'habitude, ce jour-là, Henri fit semblant de ne pas avoir entendu. Il était bien trop occupé à faire fondre les pastels de son frère sur le radiateur.

Mais ça lui avait donné une idée.

« Et si, pour une fois, j'étais sage ? se dit-il. Je me demande bien ce qui se passerait. »

Le lendemain matin, en se levant, Henri ne renversa pas son verre d'eau sur la tête de son frère.

Paul ne se réveilla pas en hurlant.

Du coup, leurs parents dormirent plus tard que prévu. Du coup, Henri et Paul furent en retard pour les scouts.

Horrible Henri était parfaitement ravi.

Paul Parfait était horriblement déçu.

Mais comme il était parfait, Paul n'osa rien dire.

Lorsqu'ils montèrent dans la voiture pour aller chez les scouts, Henri ne se battit pas avec Paul pour s'asseoir devant. Il ne le pinça pas, il ne le poussa pas.

En rentrant à la maison, Horrible Henri ne cassa pas le château que Paul Parfait avait construit. Il préféra s'asseoir sur le canapé avec un bon livre.

Leurs parents vinrent voir ce qui se passait.

– C'est bien calme ici, remarqua leur mère. Tu as fait une bêtise, Henri ?

– Non, maman, répondit Henri.

– Henri t'a cassé ton château, Paul chéri ?

Paul Parfait avait très envie de dire que oui, mais il avait horreur de mentir.

– Non, répondit-il.

Il se demandait bien ce qu'avait son frère. C'était bizarre...

– Qu'est-ce que tu fais, Henri ? demanda leur père.

– Je lis une histoire géniale qui parle de supersouris, papa.

Comme il n'avait jamais vu son fils lire un roman, le père d'Henri vérifia qu'il n'avait pas caché une bande dessinée à l'intérieur.

Mais non, Horrible Henri était bien en train de lire un livre.

– Mmmm..., murmura son père.

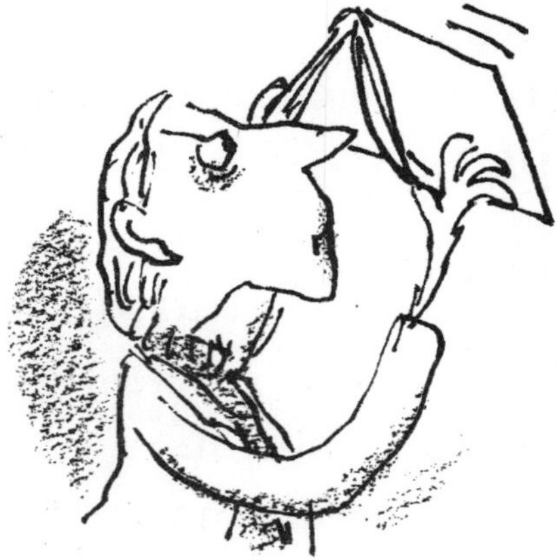

À l'heure du dîner, Horrible Henri alla dans la cuisine voir ce que son père préparait.

Mais au lieu de hurler : « Je meurs de faim. Quand est-ce qu'on mange ? », il dit :

– Tu as l'air fatigué, papa. Je peux t'aider ?

– Arrête Henri ! répliqua son père en jetant les petits pois dans l'eau bouillante.

Soudain, il se figea, interloqué.

– Qu'est-ce que tu viens de dire, Henri ?

– Je peux t'aider, papa ? proposa Paul Parfait.

– Je t'ai demandé si tu avais besoin d'aide, papa, répéta Henri.

– C'est moi d'abord ! protesta Paul.

– Henri risque de faire des bêtises. Paul, tu veux bien peler les carottes pendant que je me repose une minute ?

– Avec plaisir, répondit Paul.

Paul Parfait lava ses mains toutes propres.

Paul Parfait mit un tablier tout propre.

Paul Parfait roula ses manches toutes propres.

Paul Parfait s'attendait à ce qu'Horrible Henri lui pique l'éplucheлégumes.

Mais Henri préféra mettre le couvert.

Quand leur mère entra dans la cuisine, elle s'exclama :

– Ça sent bon ! Merci d'avoir mis la table, Paul chéri. Un vrai petit ange !

Paul ne répondit rien.

– C'est moi qui ai mis la table, maman, annonça Henri.

Sa mère le regarda avec des yeux ronds.

– Toi ?

– Moi.

– Mais pourquoi ?

Horrible Henri sourit.

– Pour rendre service.

– Tu as fait une grosse bêtise, c'est ça, Henri ? s'inquiéta son père.

– Non, répondit Horrible Henri en essayant d'avoir l'air d'un vrai petit ange.

– Je mettrai le couvert demain, affirma Paul.

– Merci, mon chéri, fit sa mère.

– Le dîner est prêt, annonça son père.

La famille se mit à table.

Au menu, il y avait des spaghettis, des boulettes de viande et des petits pois-carottes.

Horrible Henri mangea proprement, avec son couteau et sa fourchette.

Il ne lança pas de petits pois à Paul et ne fit pas de gros slurp en buvant.

Il mâcha la bouche fermée et s'assit bien droit sur sa chaise.

– Tiens-toi correctement, Henri, ordonna son père.

– Mais je me tiens correctement.

Son père leva le nez de son assiette, étonné.

– C'est vrai, ça !

Paul Parfait ne mangeait rien, perturbé de ne pas recevoir de petits pois.

Discrètement, il en prit un et, paf ! le lança sur son frère.

– Ouille ! fit Henri.

– Arrête Henri ! ordonna sa mère.

Henri prit une pleine poignée de petits pois. Puis il se rappela qu'il avait décidé d'être sage et les relâcha.

Paul attendait, le sourire aux lèvres… mais rien ne se produisit.

Il ne comprenait pas ce qui se passait. Pas de petits pois dans les cheveux ? Pas de coup de pied sous la table ?

Discrètement, il tendit la jambe et, chtak ! dans le tibia de son frère.

– OUILLE ! hurla Henri.

– Arrête Henri ! ordonna son père.

– Mais, je…, protesta-t-il avant de s'interrompre.

Il mourait d'envie de rendre le coup de pied à son frère. Mais il se rappela qu'il avait décidé d'être sage et replongea le nez dans son assiette.

– Tu ne parles pas beaucoup, ce soir, Henri, remarqua son père.

– Parce que je me régale, papa, répondit-il.

– Henri, où sont passés tes petits pois-carottes ? s'inquiéta sa mère.

– Je les ai mangés. C'était délicieux, maman.

Elle vérifia sous la table.

Sous sa chaise.

Sous son assiette.

– Tu as mangé tes petits pois-carottes, constata-t-elle en lui posant la main sur le front, inquiète. Ça va, Henri ?

– Oui, très bien, répondit-il. Merci, maman, s'empressa-t-il d'ajouter.

Ses parents se regardèrent, stupéfaits. Qu'est-ce qui lui prenait ?

Puis ils regardèrent leur fils.

– Henri, viens là que je te fasse un gros bisou, dit sa mère. Un vrai petit ange. Tu veux une part de gâteau ?

Paul intervint alors :

– Non merci, pas pour moi. Je préfère reprendre des légumes.

Henri se laissa embrasser.

Oh, là, là ! C'était horrible d'être sage.

Il sourit à son frère avant de dire :

– Je veux bien du gâteau. Merci, maman.

C'en était trop pour Paul Parfait. Il prit son assiette et la lança sur son frère.

Mais Horrible Henri se baissa et… SPLOUCH !

Les spaghettis atterrirent sur la tête de sa mère.

La sauce tomate lui dégoulina dans le cou, éclaboussant son beau T-shirt jaune tout neuf.

– PAUL ! hurlèrent en chœur ses parents.

– QUEL PETIT MONSTRE ! hurla sa mère.

– FILE DANS TA CHAMBRE ! ordonna son père.

Paul Parfait fondit en larmes et partit en courant.

Sa mère s'essuya la figure. Elle avait une de ces têtes !

Henri se mordit les lèvres pour ne pas rire.

C'était trop dur.

Il laissa échapper un petit gloussement.

– Ce n'est pas drôle ! hurla son père.

– File dans ta chambre ! ordonna sa mère.

Mais Horrible Henri s'en fichait.

Ça alors ! Il n'aurait jamais imaginé que c'était aussi amusant d'être sage !

2
Le cours de danse

Boum, boum, boum, boum, boum, boum, boum !

Horrible Henri s'entraînait à faire la danse de l'éléphant.

Plic-ploc, plic-ploc, plic-ploc !

Paul Parfait s'entraînait à faire la danse de la pluie.

Paul tenait le rôle d'une gouttelette dans le spectacle du cours de danse.

Henri aussi était censé jouer une gouttelette.

Sauf qu'il n'avait aucune envie d'être une goutte de pluie. Ni une tomate, un haricot ou une banane, d'ailleurs.

Boum, boum, boum ! Il tapait des pieds en cadence avec ses grosses chaussures.

Plic-ploc ! Paul sautillait sur la pointe de ses chaussons.

– Ce n'est pas comme ça qu'il faut faire, Henri, lui fit-il remarquer.

– SI ! répliqua son frère.

– Mais non ! On est des gouttes de pluie, je te signale, lui rappela Paul.

Boum, boum, boum ! Henri continuait à taper des pieds, comme un éléphant qui traverse la jungle en écrasant tout sur son passage.

– Tu fais trop de boucan. Je n'arrive

pas à me concentrer. Il faut que je répète mon solo.

– Et alors ? répliqua Horrible Henri. Je déteste danser, je déteste ce cours de danse et, surtout, je TE déteste !

Ce n'était pas complètement vrai. Horrible Henri aimait danser.

Il dansait dans sa chambre.

Il dansait en montant et en descendant l'escalier.

Il dansait sur le canapé neuf et sur la table de la cuisine.

Mais il détestait danser avec les autres enfants.

– Je ne pourrais pas faire du karaté à la place ? demandait Horrible Henri tous les samedis.

– Non, c'est trop violent, répliquait sa mère.

– Du judo ?

– NON, c'est non ! répliquait son père.

Et tous les samedis matin à dix heures moins le quart, il conduisait Henri et Paul au cours de danse de Mlle Tutu.

Elle était grande et maigre, avec de longs cheveux gris, le nez pointu, les coudes encore plus pointus et les genoux cagneux.

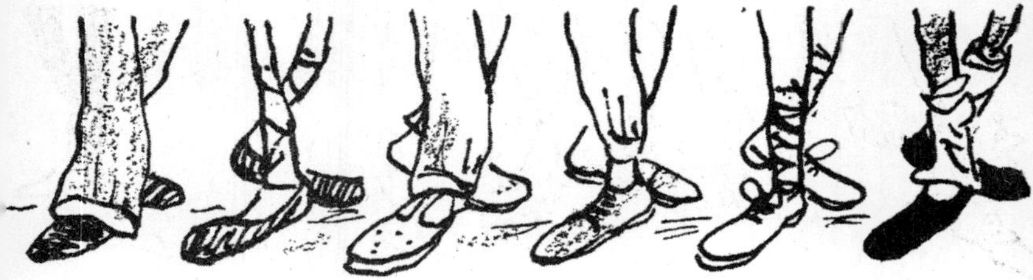

Personne ne l'avait jamais vue sourire. Peut-être parce qu'elle détestait donner des cours de danse.

Mlle Tutu détestait le bruit.

Mlle Tutu détestait les enfants.

Mais, surtout, Mlle Tutu détestait Horrible Henri.

Cela n'avait rien d'étonnant.

Quand Mlle Tutu ordonnait : « Levez la jambe gauche ! », onze jambes gauches se levaient dans les airs.

Une jambe droite se hissait péniblement à dix centimètres du sol.

Quand Mlle Tutu criait : « Talon,

pointe, talon, pointe ! », onze petits pieds agiles battaient la mesure.

Un gros pied lourdaud cognait à contretemps « pointe, talon, pointe, talon ».

Quand Mlle Tutu tonnait : « Un tour à droite ! », onze enfants tourbillonnaient vers la droite.

Un gamin balourd se traînait vers la gauche.

Bien entendu, personne ne voulait danser avec Horrible Henri. Ni même s'approcher de lui.

Et ce samedi-là se déroulait exactement comme tous les autres, hélas.

– Mademoiselle Tutu, Henri m'a marché sur le pied, gémit Maxou Chouchou.

– Mademoiselle Tutu, Henri m'a donné un coup de pied, gémit Paula Raplapla.

– Mademoiselle Tutu, Henri m'a poussée, gémit Violette Coquette.

– HENRI ! hurla Mlle Tutu.

– Ouais ?

– Je suis gentille, mais ma patience a des limites, siffla Mlle Tutu. Si tu continues à faire l'imbécile, je te promets que tu vas le regretter.

– Ah bon ? Et pourquoi ? voulut savoir Henri, intrigué.

Mlle Tutu le toisa de toute sa hauteur. Elle leva un long doigt osseux et fit mine de se trancher le cou.

Horrible Henri n'avait pas envie de mourir, il préférait pouvoir continuer à faire l'imbécile encore longtemps.

Il se rangea sur le côté et serra les dents en imaginant qu'il était un énorme crocodile.

Il ouvrit grand la gueule pour avaler Mlle Tutu toute crue.

– C'est notre dernière répétition avant le spectacle, annonça-t-elle. Il faut que tout soit parfait.

Onze paires d'yeux anxieux se tournèrent vers elle, une paire d'yeux préféra fixer la pointe de ses chaussons.

– Les tomates et les haricots verts, au premier rang, ordonna-t-elle. Lorsque Mlle Tapage commencera à jouer, je veux que tout le monde lève les bras vers le ciel pour dire bonjour au soleil. Les gouttes de pluie, restez dans le fond à côté des plantes vertes en attendant que les haricots trouvent

les bananes magiques. Quant à toi, Henri…, essaie de ne gêner personne.

Elle lui jeta un regard mauvais avant de reprendre :

– En place, tout le monde ! Mademoiselle Tapage, musique, s'il vous plaît !

Mlle Tapage se mit à taper sur son piano.

Les tomates allaient et venaient en tourbillonnant.

Les haricots enchaînaient les pirouettes.

Les bananes se dandinaient en rythme.

Les gouttes de pluie plic-ploquaient sur la pointe des pieds.

Toutes sauf une.

Horrible Henri, lui, courait dans tous les sens en faisant l'avion. Et ce qui devait arriver arriva, il rentra dans un haricot vert.

– HENRI ! brailla Mlle Tutu.

– Ouais ?

– Va t'asseoir !

Horrible Henri était ravi. Il s'assit dans un coin et fit d'horribles grimaces pendant que son frère exécutait son solo de goutte de pluie.

– C'était comment, mademoiselle Tutu ? demanda Paul Parfait.

– Parfait, Paul, comme toujours, soupira Mlle Tutu.

Ses lèvres tremblèrent légèrement. Chez elle, c'était ce qui se rapprochait le plus d'un sourire. Puis elle aperçut Henri affalé sur une chaise.

Sa bouche reprit son expression pincée. Elle le tira de sa chaise et le poussa tout au fond de la scène, derrière les autres gouttes de pluie.

Puis elle le glissa derrière une grande plante verte.

– Et tu ne bouges plus ! aboya-t-elle.

– Mais personne ne me voit, là, protesta-t-il.

– C'est le but, justement.

Le jour du spectacle arriva.

Sur scène, les enfants attendaient en silence le lever de rideau.

Paul Parfait était tellement surexcité qu'il avait envie de gambader dans tous les sens.

Mais comme il était parfait, il resta bien tranquille à sa place.

Horrible Henri n'était pas surexcité du tout.

Il n'avait aucune envie de faire la goutte de pluie.

Et encore moins de faire la goutte de pluie cachée derrière une plante verte.

Mlle Tapage se laissa tomber lourdement sur son tabouret, puis se mit à taper sur son piano.

Le rideau se leva.

Les parents d'Henri et de Paul étaient dans la salle. Comme d'habitude, ils s'étaient installés au dernier rang pour pouvoir filer en vitesse au cas où…

Ils firent signe à Paul qui était sur le devant de la scène, tout fier.

– Mais où est Henri ? chuchota leur mère.

Plissant les yeux, leur père distingua une touffe de cheveux roux qui dépassait d'une plante verte.

– Je crois que c'est lui, derrière la plante.

– Je me demande pourquoi il se cache. Il n'est pourtant pas timide.

– Mmm…

– Chuuuut ! soufflèrent les autres parents autour d'eux.

Henri regarda les tomates et les haricots chercher les bananes magiques sur la pointe des pieds.

« Ça suffit, je sors de là ! » décida-t-il soudain. Et il se faufila entre les gouttes de pluie.

– Arrête Henri ! protesta Paula Raplapla.

Henri la poussa encore plus fort et plic-ploqua un peu avec les autres.

Mais Mlle Tutu l'attrapa par le bras et le tira derrière le décor.

« Bah, de toute façon, c'est nul d'être une goutte de pluie ! se dit-il. Au moins ici, je peux faire ce que je veux. »

Les tomates allaient et venaient en tourbillonnant. Les haricots enchaînaient les pirouettes. Les bananes se dandinaient en rythme. Les gouttes de pluie plic-ploquaient sur la pointe des pieds.

Horrible Henri, lui, battait des ailes comme un ptérodactyle prêt à fondre sur Mlle Tutu toutes griffes dehors.

Il tournoya dans les airs, décrivant des cercles autour de sa proie.

Paul Parfait s'avança sur le devant de la scène pour faire son solo.

Plic-ploc, plic-ploc, plic-CRAC !

Une grande plante verte tomba sur les gouttes de pluie qui tombèrent sur les tomates qui tombèrent sur les haricots qui tombèrent sur les bananes.

Sans cesser de danser, Paul jeta un coup d'œil par-dessus son épaule pour voir ce qui se passait et préféra descendre prudemment de la scène.

Quant à Mlle Tutu, elle tomba dans les pommes.

Il ne restait plus qu'une seule personne debout sur scène. Horrible Henri. Boum, boum, boum, boum, boum, boum, boum !

Henri fit sa danse de l'éléphant.

Poum, poum, poum, poum, poum, poum, poum !

Henri fit sa danse du taureau furieux. Paul tenta discrètement de remonter sur scène.

Le rideau tomba.

Il y eut un long silence, puis les parents d'Henri et de Paul applaudirent. Comme ils étaient les seuls, ils s'arrêtèrent.

Tous les autres parents se ruèrent sur Mlle Tutu en braillant.

– Je ne comprends pas pourquoi cet horrible gamin a fait un long solo alors que ma Paula devait rester couchée par terre ! hurla une mère.

– Mon Maxou danse bien mieux que ce petit monstre ! cria une autre. C'est lui qui aurait dû faire le solo.

– Je ne savais pas que vous faisiez de la danse moderne, mademoiselle

Tutu, marmonna une troisième. Viens, Violette ! On s'en va !

– HENRI ! vociféra Mlle Tutu. DEHORS ! Je ne veux plus jamais te voir à mon cours.

– Youpi ! s'écria Horrible Henri, ravi.

Il allait enfin pouvoir faire du karaté !

3
Maudite Marguerite

– Je fais le capitaine Crochet !

– Non, c'est moi !

– C'est moi ! affirma Horrible Henri.

– Non, c'est moi ! affirma Maudite Marguerite.

Ils se défièrent du regard.

– C'est mon crochet, fit valoir Maudite Marguerite.

Elle habitait juste à côté de chez Horrible Henri.

Elle n'aimait pas Henri et Henri ne l'aimait pas non plus. Mais comme Alexis Malpoli n'était pas libre, qu'Alice Malice avait la grippe et qu'elle détestait Ninon Ronchon, Marguerite avait enjambé la clôture pour jouer avec Henri.

– Maintenant, c'est mon tour d'être le capitaine Crochet, intervint Paul Parfait. Je fais le prisonnier depuis une heure.

– On ne t'a pas demandé ton avis, prisonnier, répliqua Horrible Henri.

– Le supplice de la planche pour le prisonnier, ça lui apprendra à se taire, décréta Maudite Marguerite.

– Mais c'est la quinzième fois aujourd'hui ! protesta Paul Parfait. Je ne pourrais pas jouer le capitaine Crochet, s'il vous plaît ?

– Pas question, mille sabords ! tonna Maudite Marguerite. Pousse-toi de là, misérable vermisseau !

Et elle traversa le pont du navire en agitant son crochet et en brandissant son épée.

Marguerite avait le chapeau à plume, le bandeau sur l'œil, le drapeau noir avec un crâne et deux tibias croisés, la longue-vue et le poignard.

Henri avait un bâton.

C'est pour ça qu'il avait accepté de jouer avec elle.

Mais avant de le laisser toucher à ses affaires de pirate, elle le forçait à faire toutes sortes de trucs atroces.

Parfois il devait rester assis pendant qu'elle lui lisait un livre. Parfois, il devait jouer au papa et à la maman avec elle. Et le pire (mais je vous en prie ne le répétez pas), c'est qu'elle l'obligeait à faire le bébé.

Avec Maudite Marguerite, Horrible Henri ne savait jamais à quoi s'attendre.

Quand il lui posait une araignée sur le bras, elle éclatait de rire.

Quand il lui tirait la queue-de-cheval, elle lui arrachait une touffe de cheveux.

Quand il criait, elle hurlait encore plus fort. Ou elle se mettait à chanter. Il faisait semblant d'être sourd.

Des fois, Maudite Marguerite le faisait rire. Mais la plupart du temps, elle faisait la tête, cette maudite grincheuse toujours de mauvaise humeur.

– Si je ne suis pas le capitaine Crochet, je ne joue plus, annonça Horrible Henri.

Marguerite réfléchit un instant.

– On n'a qu'à faire le capitaine Crochet tous les deux, proposa-t-elle.

– Mais on n'a qu'un crochet, remarqua Henri.

– Que je n'ai pas encore eu, souligna Paul Parfait.

– On ne t'a pas sonné, le prisonnier ! gronda Maudite Marguerite. Moussaillon, jetez-le au cachot.

– Non, répondit Henri.

– Il y a une belle récompense à la clé, fit-elle en agitant son crochet.

Henri obéit.

– Si tu es sage, prisonnier, on te libérera et tu pourras être un pirate, promit le capitaine Crochet.

– Allez, donne-moi ton crochet, maintenant, ordonna Henri.

Marguerite le lui tendit à contrecœur.

– Maintenant, je suis le capitaine Crochet et tu es le moussaillon ! s'exclama Henri. Tout le monde au supplice de la planche !

– J'en ai assez de jouer aux pirates, décida Maudite Marguerite. On change de jeu.

Horrible Henri était furieux. C'était toujours pareil avec cette maudite Marguerite !

– Ben, moi, je continue à jouer aux pirates, décréta-t-il.

– Ben, pas moi, répliqua Marguerite. Rends-moi mon crochet.

– Non !

Maudite Marguerite ouvrit tout grand la bouche et se mit à hurler. Elle pouvait crier comme ça pendant des heures.

Henri lui rendit son crochet.

Elle sourit.

– J'ai faim. T'aurais pas un truc à grignoter ?

Horrible Henri avait trois sachets de chips et sept biscuits au chocolat cachés dans sa chambre, mais il n'était pas question qu'il les partage avec Maudite Marguerite.

– Je peux te donner un radis, si tu veux, proposa-t-il.

– Et sinon ?

– Une carotte ?

– Et sinon ?

– Du glop, fit Henri.

– C'est quoi ? s'étonna Marguerite.

– Une recette secrète.

– Je parie que c'est dégoûtant.

– C'est super dégoûtant, renchérit Horrible Henri.

– Je fais le glop le plus dégoûtant du monde entier, affirma Maudite Marguerite.

– Non, t'y connais rien. Mon glop est le plus affreusement horriblement dégoûtant de l'univers.

Marguerite sourit.

– Ah oui ? Ben, je parie que t'es pas cap de goûter mon glop.

– C'est celui qui le dit qui y est. T'es même pas cap de goûter le mien, d'abord.

– C'est ce qu'on va voir ! Alors d'abord, il me faut des escargots et des vers de terre, décréta-t-elle.

Elle rampa sous les buissons.

– J'en ai un ! annonça-t-elle en brandissant un gros escargot baveux.

Puis elle se mit à quatre pattes pour creuser un trou dans la terre.

– On n'a pas le droit de mettre des trucs qui viennent du jardin dans le

glop, s'empressa de préciser Henri. Que ce qu'on trouve dans la cuisine.

Marguerite le dévisagea en haussant les sourcils.

– Je croyais que ça devait être dégoûtant.

– Oui, mais on est chez moi, alors c'est moi qui décide.

Horrible Henri et Maudite Marguerite filèrent donc dans la cuisine, d'un blanc immaculé. Henri sortit un immense saladier rouge et deux cuillères en bois.

– C'est moi qui commence ! décida-t-il.

Puis il se mit à fouiller dans les placards.

– Des céréales ! annonça-t-il en les vidant dans le saladier.

Marguerite ouvrit le frigo et en sortit une petite boîte en plastique.

– Des pâtes trop cuites !

Hop, dans le saladier !

– Des carottes râpées !

– Des épinards !

– Du café !

– Du yaourt !

– De la farine !

– Du vinaigre !

– Des haricots !

– De la moutarde !

– Du beurre de cacahuètes !

– Du fromage moisi !

– Du poivre !

– Des oranges pourries !

– Et du ketchup ! ajouta Henri.

Il vida toute la bouteille dans le saladier.

– Maintenant, on mélange bien, ordonna Marguerite.

Horrible Henri et Maudite Marguerite prirent leurs cuillères à deux mains, les plongèrent dans le glop et remuèrent la mixture.

Ce n'était pas évident.

Ils touillèrent, touillèrent de plus en plus fort. Ils touillèrent, touillèrent de plus en plus vite.

Il y avait du glop au plafond, du glop par terre, du glop sur l'horloge et du glop sur la porte. Marguerite avait les cheveux dégoulinants de glop. Henri avait du glop dans les yeux.

Marguerite regarda dans le saladier. Elle n'avait jamais vu un truc aussi répugnant !

– C'est prêt ! annonça-t-elle.

Horrible Henri et Maudite Marguerite posèrent le glop sur la table.

Ils s'assirent en fixant le mélange puant, gluant, graisseux, poisseux, visqueux, grumeleux.

– Bon. Qui est-ce qui goûte en premier ? demanda Henri.

Il y eut un long long silence.

Henri regarda Marguerite. Marguerite regarda Henri.

– Moi ! décida-t-elle. J'ai même pas peur !

Elle en prit une grosse cuillerée, la fourra dans sa bouche et avala.

Elle devint toute rouge, violette, puis verte.

– Alors, c'est comment ? fit Henri.

– Très bon, affirma-t-elle, en s'étouffant à moitié.

– Reprends-en, alors.

– Non, à ton tour, maintenant.

Henri resta un moment à fixer le saladier de glop, puis il déclara :

– J'ai pas le droit de grignoter entre les repas.

– HENRI ! tonna Marguerite.

Il en prit une toute toute petite cuillerée.

– PLUS !

Henri en prit un peu plus. Le glop tremblotait dans sa cuillère. On aurait dit... Non, il valait mieux ne pas chercher.

Henri ferma les yeux et approcha la cuillère de sa bouche.

– Miam, miam ! fit-il.

– T'as même pas goûté ! protesta Marguerite. C'est pas du jeu.

Elle prit une cuillerée de glop et...

Je n'ose pas imaginer ce qui ce

serait passé si elle n'avait pas été interrompue.

– Je peux sortir de mon cachot, maintenant ? demanda une petite voix dans le jardin. C'est à mon tour de faire le capitaine Crochet.

Ils avaient complètement oublié Paul Parfait.

– Oui, viens ! cria Henri.

Son frère entra dans la cuisine en s'exclamant :

– Mmm, j'ai faim.

– Assieds-toi, Paul. Le goûter est prêt.

4
Les vraies vacances

Horrible Henri avait horreur des vacances.

Il aurait aimé passer ses journées affalé sur le canapé à regarder la télé en mangeant des chips. Le rêve !

Malheureusement, ses parents avaient toujours d'autres projets.

Une fois, ils l'avaient emmené visiter un château. Sauf que c'était pas un vrai château, juste un tas de pierres et des murs en ruine.

– L'horreur ! avait décrété Horrible Henri.

L'année suivante, ils avaient visité un musée.

– L'horreur ! avaient déclaré ses parents.

L'année dernière, ils étaient allés au bord de la mer.

– Le sable est trop chaud, avait gémi Henri.

– L'eau est trop froide, avait couiné Henri.

– Les frites sont trop cuites, avait râlé Henri.

– Le lit est trop petit, avait grogné Henri.

Alors, cette année, ils avaient une autre idée.

– On va en France faire du camping, lui annoncèrent-ils.

– Youpi !

– Ça te fait plaisir, Henri ? s'étonna sa mère.

D'habitude, il n'aimait pas partir en vacances.

– Oh oui !

Pour une fois, ça allait être chouette.

Maudite Marguerite avait fait du camping l'an dernier avec ses parents et elle lui avait tout raconté.

Ils avaient une grande tente avec des lits douillets, un frigo, une cuisinière, des toilettes, une douche. Et il y avait même une piscine chauffée, une discothèque et une télé géante avec cinquante-sept chaînes.

– Super ! s'exclama Henri.

– La France, le pays du fromage, fit Paul Parfait.

Le grand jour arriva enfin. Horrible Henri, Paul Parfait et leurs parents embarquèrent sur le ferry.

C'était la première fois que Paul et Henri prenaient le bateau.

Henri fit du trampoline sur les sièges.

Paul fit un joli dessin.

Le bateau tanguait, roulait, tanguait, roulait.

Henri slaloma entre les fauteuils.

Paul écrivit son journal de bord.

Henri fit du tourniquet sur une chaise pivotante.

Paul joua avec ses peluches.

Le bateau tanguait, roulait, tanguait.

Henri et Paul engloutirent une grande assiette de frites et de saucisses au restaurant.

Le bateau tanguait, roulait, tanguait, roulait, tanguait, roulait.

Henri commença à avoir mal au cœur.

Paul commença à avoir mal au cœur.

Henri devint tout vert.

Paul devint tout vert.

– Je crois que je vais être malade, fit Henri.

Et il vomit son déjeuner sur sa mère.

– Je crois que je vais être malade, fit Paul.

Et il vomit son déjeuner sur son père.

– Oh non ! fit leur mère.

– C'est pas grave, fit leur père. Je suis sûr qu'on va passer les meilleures vacances de notre vie !

Enfin, le bateau arriva en France.

Après des heures et des heures de route, ils aperçurent le camping.

Horrible Henri était ravi. C'était encore mieux que dans ses rêves les plus fous ! Il y avait des tentes grandes comme des maisons.

On entendait brailler la télé, la radio, les enfants qui jouaient dans la piscine. Le soleil brillait. Le ciel était bleu.

– Waouh ! siffla Henri. Génial.

Mais son père ne s'arrêta pas.

– Hé, stop ! C'était là !

– On ne va pas dans cet horrible camping pour touristes, répliqua son père qui poursuivit sa route.

– Voilà, on est arrivés ! Un vrai camping !

Horrible Henri découvrit un pré plein de cailloux sous un ciel de plomb, avec trois minuscules tentes de guingois, un seul robinet et quelques arbres.

Rien d'autre.

– Formidable ! s'écria sa mère.

– Formidable ! répéta Paul Parfait.

– Mais où est la télé ? s'inquiéta Horrible Henri.

– Il n'y a pas la télé ici, Dieu merci ! répondit sa mère. On a apporté plein de bons bouquins.

– Mais où sont les lits ? demanda Horrible Henri.

– Il n'y a pas de lits, Dieu merci ! répliqua son père. On a apporté nos sacs de couchage.

– Mais où est la piscine ? voulut savoir Horrible Henri.

– Il n'y a pas de piscine, on va se baigner dans la rivière, affirma son père.

– Où sont les toilettes ? demanda Paul Parfait.

Son père montra du doigt une petite cabane à l'autre bout du champ, avec trois personnes qui attendaient devant.

– Tout là-bas ? gémit Paul. Enfin, c'est très bien, ça nous fera une promenade, s'empressa-t-il d'ajouter car il était parfait.

Leurs parents sortirent les affaires du coffre. Henri les regarda faire, sourcils froncés.

– Qui vient m'aider à monter la tente ? lança sa mère.

– Moi ! s'écria son père.

– Moi ! s'écria son frère.

– Parce qu'on doit monter notre tente nous-mêmes ? s'écria Horrible Henri, horrifié.

– Évidemment.

– C'est trop nul, ici. Je veux aller dans l'autre camping.

Son père secoua la tête.

– Tu parles, ce n'est même plus du camping ! Il y a des lits dans les tentes. Des toilettes. Une douche. Un frigo. Une cuisinière. Et même la télé ! L'horreur !

– L'horreur ! répéta Paul Parfait.

– Alors qu'on a une si jolie tente, reprit leur mère. Toute simple. Quelques piquets, une toile…

– Eh ben, moi, je veux aller là-bas, décréta Horrible Henri.

– Non, on reste ici, affirma son père.

– NON ! hurla Henri.

– SI ! hurla son père.

Je suis navrée de vous informer qu'Henri piqua une terrible, horrible, pénible, indescriptible crise de nerfs.

Vous croyez qu'un horrible petit garçon comme Henri avait envie de dormir sur les cailloux dans un duvet trempé et sans oreiller ?

Eh bien ! vous vous trompez.

Henri aimait les lits douillets.

Henri aimait les draps bien frais.

Henri aimait les bains brûlants.

Henri aimait manger des frites croustillantes, regarder la télé, écouter la musique à fond.

Horrible Henri avait horreur du grand air, du silence et des douches froides.

Au loin, il distinguait l'écho d'une chanson qui passait à la radio.

– Heureusement qu'on n'est pas dans cet affreux camping surpeuplé et bruyant, remarqua son père.

– Oh que oui ! acquiesça sa mère.

– Oh que oui ! répéta Paul Parfait.

Horrible Henri joua au bulldozer qui fonçait dans les piquets.

– Henri ! Tu vas renverser la tente ! gronda son père.

Horrible Henri joua au tyrannosaure affamé qui dévore les campeurs.

– Au secours ! gémit Paul Parfait.

– Arrête Henri ! ordonna sa mère.

Elle jeta un coup d'œil au ciel plein de gros nuages noirs.

– Il va pleuvoir.

– T'inquiète, il ne pleut jamais quand je fais du camping, la rassura son mari.

– Je vais ramasser du bois avec les garçons.

– Sans moi, répliqua Horrible Henri.

Pendant que son père allumait un feu de camp, Henri mit sa radio à fond. Il tapait des pieds comme un fou sur un morceau des Terribles Rats Rappeurs.

– Henri, éteins-moi ça tout de suite, ordonna son père.

Henri fit semblant de ne pas avoir entendu.

– HENRI ! ÉTEINS CETTE MUSIQUE !

Horrible Henri baissa un tout tout petit peu le son. Le boum-boum des Terribles Rats Rappeurs résonnait

d'un bout à l'autre du terrain de camping.

Un monsieur sortit de sa tente en montrant le poing. Le père d'Henri éteignit aussitôt le poste.

– Y a un problème, papa ? demanda Horrible Henri d'une voix horriblement mielleuse.

– Non, non, tout va bien.

C'est à ce moment-là que Paul Parfait et sa mère revinrent avec les bras chargés de petit bois.

Et qu'un petit crachin se mit à tomber.

– C'est amusant, le camping, hein ? affirma la mère d'Henri et Paul en écrasant un moustique.

– N'est-ce pas ? renchérit leur père.

Il mit à réchauffer une boîte de haricots sur le feu.

Le crachin se changea en trombes d'eau.

Le vent se leva.

Le feu de camp crachota ses dernières braises avant de s'éteindre.

– C'est pas grave, affirma le père d'Henri. C'est délicieux, les haricots froids.

Sa mère ronflait.

Son père ronflait.

Son frère ronflait.

Mais Henri n'arrivait pas à trouver le sommeil. Il se tournait et se retournait dans son sac de couchage. Il avait essayé toutes les positions, mais il y avait toujours un caillou pointu qui le gênait.

Les moustiques bourdonnaient à ses oreilles.

« Je ne vais jamais fermer l'œil ! » pensa-t-il. Et il flanqua un coup de pied à Paul Parfait.

« Je ne tiendrai pas comme ça pendant deux semaines ! »

Le cinquième jour, aux alentours de quatre heures de l'après-midi, toute la famille était recroquevillée sous la tente glacée, humide et moisie à écouter le vent mugir et la pluie tomber, quand le père d'Henri proposa :

– Si on allait se promener ?

– Bonne idée ! répondit sa femme en éternuant. Je sors les bottes.

– Bonne idée ! répéta Paul Parfait en éternuant. Je sors les cirés.

– Mais il pleut des cordes ! protesta Horrible Henri.

– Et alors ? On est bien équipés, répliqua son père.

– Ce sera sans moi, décréta Henri.

– Moi, je viens ! s'exclama Paul Parfait. J'adore la pluie.

Leur père passa la tête dehors.

– Ça s'est arrêté. Je vais rallumer le feu.

– Sans moi, répéta Henri.

– On n'a plus de petit bois. Henri va rester ici pour en ramasser. Des brindilles bien sèches, bien sûr.

Horrible Henri sortit la tête de la tente. Il ne pleuvait plus, mais le ciel était toujours gris. Le feu de camp crachotait.

Pas question de mettre les pieds dans cette forêt pleine de boue.

Il scruta les environs pour essayer

de repérer des brindilles dans les parages.

C'est alors qu'il aperçut les piquets de tente. Du bon gros bois bien épais.

Il regarda à droite.

Il regarda à gauche.

Personne en vue.

« Si je prends juste un piquet par-ci, un piquet par-là, ça ne se remarquera pas », pensa-t-il.

À leur retour, ses parents étaient ravis.

– Quelle belle flambée ! s'exclama sa mère.

– Tu t'es bien débrouillé, fiston, le félicita son père.

Au beau milieu de la nuit, le vent se leva. Henri rêvait qu'il se baignait dans l'eau glacée. Le courant l'emportait, de plus en plus loin.

Il se réveilla en sursaut. Il baignait vraiment dans l'eau glacée !

La tente était remplie d'eau boueuse et froide. Et soudain, elle s'écroula sur leur tête.

Henri, Paul et leurs parents se retrouvèrent sous la pluie battante, à regarder le torrent glacé qui sortait de leur tente raplapla.

Tout autour d'eux, les autres campeurs trempés regardaient aussi leurs tentes tout aussi raplapla.

Paul Parfait éternua. Sa mère éternua. Son père éternua. Horrible Henri toussa, cracha et éternua.

– Je ne comprends pas pourquoi notre tente s'est écroulée comme ça, murmura son père. Ça ne m'est jamais arrivé.

– Qu'est-ce qu'on va faire ? soupira sa mère.

– Moi, je sais ! affirma Henri. J'ai une excellente idée !

Deux heures plus tard, Henri, Paul et leurs parents étaient affalés sur un canapé, sous une tente aussi grande

qu'une maison, à regarder la télé en mangeant des chips.

Le soleil brillait. Le ciel était bleu.

– Ah, voilà ce que j'appelle de vraies vacances ! s'exclama Horrible Henri.

Fin

Francesca Simon est née à Saint Louis, dans le Missouri, et a passé toute son enfance en Californie. Elle fait ses études à Yale et à Oxford, où elle se spécialise en littérature médiévale. Renonçant à devenir une médiéviste réputée, elle se lance dans le journalisme et collabore au *Sunday Times*, au *Guardian*, au *Telegraph* ainsi qu'à *Vogue* (US). Après la naissance de son fils Joshua, en 1989, elle décide de se consacrer à l'écriture de livres pour la jeunesse. Francesca Simon habite aujourd'hui à Londres. Considérée comme l'un des auteurs pour enfants les plus populaires de Grande-Bretagne, Francesca Simon a publié plus d'une cinquantaine de livres à ce jour. *Horrible Henri*, dont les premières aventures ont débuté il y a près de quinze ans, est devenu un véritable phénomène éditorial.

Tony Ross est né à Londres en 1938. Après des études d'art à la Liverpool School of Art, il travaille comme graphiste puis directeur artistique d'une agence publicitaire et dispense également des cours. Il développe dans le même temps une carrière d'illustrateur en publiant des bandes dessinées dans le magazine satirique *Punch*. Son premier livre paraît en 1976. Créateur d'albums inoubliables comme *La Petite Princesse*, Tony Ross a également illustré les œuvres des plus grands auteurs pour enfants.

Retrouve

Horrible Henri

le cauchemar des enfants sages !

LE CLUB SECRET
Folio Cadet n° 558

Henri aura-t-il le courage de se faire vacciner sans hurler par Mlle Kipik ? ◆ Maudite Marguerite le laissera-t-elle entrer dans son club ultra secret ? ◆ Paul Parfait peut-il devenir aussi insupportable que lui ? ◆ Ses parents tiendront-ils leur promesse de ne plus jamais fêter son anniversaire ?

LA CHASSE AUX POUX
Folio Cadet n° 559

Henri échappera-t-il au shampooing Zigouille Poux ? ◆ Réussira-t-il à baratiner ses copains pour s'acheter le jouet de ses rêves ? ◆ N'est-il pas le garçon tout indiqué pour pimenter une sortie au musée ? ◆ Peut-on le priver de son dessert préféré sans encourir une terrible vengeance ?